金素雲『朝鮮民謡選』と日本の歌謡

森山弘毅

無明舎出版

金素雲『朝鮮民謡選』と日本の歌謡◉目次

金素雲『朝鮮民謡選』と日本の歌謡

はじめに

二〇〇一年一月一一日から始まった、「日本歌謡学会」会員からなる「歌謡研究会」のメンバーが交代で担当するメールマガジン「歌謡《うた》つれづれ」の森山担当分のテーマが「金素雲『朝鮮民謡選』と日本の歌謡」でした。二〇〇一年二月二二日から五回続いたのでしたが、本篇は四章に再編したもので、私が学生時代（一九五〇年代）に出会った岩波文庫の金素雲『朝鮮民謡選』の、親しみやすかった感銘を、再確認する気持ちで「日本の歌謡」との関連を確かめてみようとの思ってのテーマでした。金素雲の日本の古典歌謡への関心の深さとともに彼が敬愛する北原白秋への親しみが朝鮮民謡の日本語訳に自ずとにじみ出ていることの発見は新鮮なものでした。

金素雲は、母国韓国では、あまりに親日的であったことで評価されていないようですが、私たち日本人には朝鮮民謡案内への格好の入り口になっていることには変りなく、まことに有難いことです。

なお、本篇は「歌謡《うた》つれづれ」で私が取り上げた、ほかの小テーマもいくつか併録して一書としてまとめた次第です。

二〇二五年二月七日　森山弘毅

金素雲『朝鮮民謡選』と日本の歌謡

1

金素雲訳編『朝鮮民謡選』は昭和八年（一九三三）に、朝鮮（当時）の二五才の青年金素雲によって日本語に翻訳され、岩波文庫に収められたものです。同じ年に姉妹篇の『朝鮮童謡選』も彼の訳編によって同文庫で出版されています。いずれも昭和四七年（一九七二）に四〇年ぶりで改訂版が出て、いまはそれを手にすることが出来ます。

彼の日本語訳の朝鮮民謡が世に出たのは、これが初めてではありません。昭和四年（一九二九）に『朝鮮民謡集』というのを出版しているのです。北原白秋の序文を得て、装丁が岸田劉生の原画で飾られています。当時二一才だった金素雲を、日本の名だたる詩人・画家たちがこぞって励ましていた様子がうかがえます。

白秋は彼の日本語訳の草稿をみたときから絶賛しています。その辺の事情は、『朝鮮民謡選』の旧版に金素雲が記した「覚書」に詳しいのですが、改訂版には消えていて残念なことです。白秋の序文もながい間埋もれていたのですが、『朝鮮童謡選』の改訂版の末尾に金素雲の意志であらためて収められました。師とも敬愛する白秋への思いが四〇年ぶりにあらたな形になって伝えられたといってよいでしょう。その一部を引いてみます。

たとえ幼より日本語の教育を受け、日本文学に親しく通ずるものがあったとしても、第一に国民性、第二に言語の懸隔が甚しい。その朝鮮の民謡を、この日本の歌詞に翻訳することの難事は、凡そに推察されよう。それをしも金君は易々と仕上げている。日本の語韻、野趣というものをその詩技の上に渾融せしめている。時には小面憎くさえ感ぜしめる「持ち味」の中にまで滲透して来るものがある。

（北原白秋「一握の花束」）岩波文庫『朝鮮童謡選』

これは、白秋の「舌を巻くほど」と評した讃辞です。この『朝鮮民謡集』の日本語訳の大変な好評が、四年後の岩波文庫『朝鮮民謡選』へのきっかけになったことはいうまでもありません。この文庫版には、彼がその四年間に全情熱を傾けて採集した約三〇〇〇首の民謡のなかから選んで、新たに翻訳したものが主として収められています。私は全くハングルを読めませんが、彼が訳した美しい日本語の朝鮮民謡をいくつか、日本の歌謡と併せ読みながら味わっていきたいと思います。

まず「梨」という歌を読んでみます。

なんとしましょぞ

梨むいて出せば
梨は取らいで
手をにぎる
（梨・意訳謡Ⅱ）　岩波文庫『朝鮮民謡選』

「意訳謡」とあるのは、逐語訳によらないということです。彼には当初から朝鮮民謡の心を白秋風に言えば「日本の歌謡調」に移そう、という思いがあったことがうかがえます。七七七五の近世調のリズムに整えられて、もともとの日本の歌かと見まごうばかりです。日本語になんの不自然さがないばかりでなく、日本歌謡の発想をそのまま踏んでいることにも驚かされます。
日本の上代歌謡には次のような歌垣の歌があります。

あられふる杵島《きしま》が岳《たけ》を峻《さが》しみと
草採りかねて妹《いも》が手をとる
（肥前国風土記〈逸文〉　日本古典文学全集『古事記上　代歌謡』小学館）

（あられふる）杵島が岳が険しくて、つかもうとした草もつかみかねて、つい愛しい妹の手を握ってしまったことだよ

「梨は取らいで／手をにぎる」という句は、この歌の「草採りかねて妹が手をとる」と同じ発想の歌謡の型です。歌垣では、こうした「口実」で思う女の手を握って思いを遂げようとしたようです。この歌に

は記紀歌謡・万葉歌にも類歌があって、日本の伝統的な「（女の）手をとる」歌の型といえます。

朝鮮民謡にもこうした歌の型があるのかどうか、私は分かりませんが、金素雲が日本歌謡の型を踏んだ発想で訳出していることは確かなことといえるでしょう。

それから「梨は取らいで」の「いで」が否定語としてさりげなく用いられているところなども、「日本の歌謡調」の自然さがよく出ています。この「いで」は「音もせいでお寝（よ）れお寝（よ）れ（静かにやすんでいらっしゃいな）」（閑吟集二三七）などのように、本来は「音もせずて」「音もせで」となるべきところを、「音もせいで」と歌謡などの口語口調の言いまわしで用いられた、中世末から近世頃までの否定語です。金素雲は、「梨は取らいで」に、実にさりげなく中世以来の古語の口吻を生かしている、といえます。これは、白秋が「日本の語韻、野趣というものをその技法の上に渾融せしめている」といっている評言にも、ぴったりです。

「語韻」ということでいえば、もう一つ、「なんとしましょぞ」の初句も、実に味わい深い句です。差し出した梨ではなく、突然手を握られた女の戸惑いの言葉ですが、しかし、これは困惑し切っている、という風でもありません。はずかしくもうれしい戸惑い、というところでしょうか。

この句の口調にも閑吟集「そゞろいとほしうて何とせうぞなふ（むしょうにあなたが愛しくて、どうしたらいいのかしら）」（二八二の末尾）の「何とせうぞなふ」の口吻が重なっています。閑吟集の女の思いは激しいのですが、うれしい戸惑いの口調には変わりなく、この「なんとしましょぞ」の句にも彼方からの脈絡が通じているように思われます。こうしてみると、『朝鮮民謡選』には、日本の古典歌謡の味わい深い余響が移し伝えられてることが思われて来ます。

2

次に「梨の花」といううたをみながら、さらに日本の古典歌謡の響きを味わってみます。

金素雲は朝鮮民謡の心を、日本の歌謡の調べに移そう、という思いが、はじめからあったのだと思います。実に、自然に、日本の古典歌謡の発想で訳出し、あるいは、『閑吟集』など中世歌謡以来の古語の口吻をさりげなく生かして訳していることをみても分かりますが、もう少し味わってみます。

梨の花さね
梨の花さね
総角《わかいしゅ》の頭巾《ずきん》は
梨の花さね
梨の花のよな
頭巾の下に
鏡のような
あの目を見さい　〈梨の花〈慶尚南道〉・意訳謡Ⅰ〉

〈慶尚南道〉というのは、訳詞の末尾に添えられた民謡採集地です。この「梨の花」の歌、若者の頭巾が梨の花の比喩で歌われている、というところが、私たちには新鮮です。この歌に並んで「白い頭巾で／隠した顔を／梨の花かと／見違うた」（頭巾）ともあるので、朝鮮民謡では「頭巾―梨の花」はよく歌われる「見立て」の型なのかも知れません。日本風にいえば、「楚々」として、上品な冠りもの、なのでしょうか。歌は、その頭巾の下の「鏡のような／あの目を見さい」と歌っています。若者の「鏡のような」澄んだ目に注がれるのは、もちろん娘たちの熱い視線です。「梨の花さね」が三度も繰り返されるのは、何人かの娘たちが口ぐちに囁く声のようにも聞こえます。

歌の終りに「あの澄んだ瞳をご覧よ」と娘たちが言い交わす「あの目を見さい」という詞句にも、私たちの日常語にはない、古典歌謡の余響が感じられます。

○　余り言葉のかけたさにあれ見さいなう空行く雲のはやさよ　（閑吟集二三五）

閑吟集のなかでもよく知られた、ほほえましい歌です。話しかけるきっかけに、男が傍らを歩く女に「あれ見さいなう」と視線を「空行く雲のはやさ」に誘っています。天候や空の様子を会話のきっかけにするのは、いつの時代も変らないようです。そのきっかけの「あれ見さいなう」の「見さい」は、狂言歌謡でも、「あの山見さいこの山見さい」（和泉「素襖落」）と歌い出されます。親しい敬意がこめられた命令形で、やはり中世歌謡以来の語法です。金素雲は「梨の花」の訳でも日本古典歌謡の「語韻」を伝えているといえそうです。ここでは、頭巾を梨の花の比喩で歌う民族的な発想のなかで、なお日本の中世歌謡の語法の響きを伝えている、というのが味わい深いところです。

視線を彼方に向けて誘う語に、もう一つ「見やれ」というのがあります。この語が用いられている歌を次に掲げます。

○見やれ
向うカルミ峰《ホング》に
雨雲が
湧いたぞい

蓑を腰に
まわして
田の草を
取るかの　（蓑〈慶尚南道〉意訳謡Ⅰ）

○麻の上衣《チョグリ》の
中襟《なかえり》あたり
硯滴《みずさし》のよな

あの乳房
莨種《たばこだね》ほど
ちらりと見やれ
たんと見たらば
身が持てぬ　（乳房〈慶尚南道〉意訳謡Ⅰ）

「乳房」の歌の「硯滴《みずさし》」というのは、硯に注ぐ水差しのことですが、文庫の原文に注があり、挿画もあって「桃の実」の形の硯滴《みずさし》が示されています。「乳房」の比喩が桃の形の「硯滴《みずさし》」というのもいかにもお国柄です。いまは、そこへは深入りせずに、「見やれ」に絞ります。

「莨」の歌では「見やれ／向うカルミ峰に」と、視線ははるか彼方に向いており、「乳房」の歌では「莨種（たばこだね）ほど／ちらりと見やれ」と、視線はちょっと移す程度の近い所へ向いています。遠近の位置はともあれ、どちらも、そばにいる人に「見やれ」といって、視線をある一点に誘いかけることには、変りません。この「見やれ」も私たちは普段、口語で使うことはありません。「見やる」の語は万葉集以来の古いものですが、金素雲が親しんだと思われる『閑吟集』など中世歌謡には用いられていないようです。近世の中頃の諸国盆踊歌集『山家鳥虫歌』（明和九年（一七七二）という歌集には、次のような歌が見られます。

○　人を使はば川の瀬を見やれ　浅い瀬にこそ藻がとまる　（一一一　摂津）

ここの「見やれ」は、はるか遠くを望み見るというのではなくて、視線の先をよくご覧よ、という程度ですが、この『山家鳥虫歌』には、ほかにも「水鏡見やれ」（一四三）とか、さらに「甲斐性《かひしやう》見やれ」（二一九）など「こころ」の中までも「見やれ」という語で歌われています。この歌謡集には、当時の口語口調で「置きやれ」（一〇六）「行きやれ」（一四〇）などと軽い敬意をこめて相手を誘う語法がよく用いられていますから、この「見やれ」もそれに同化した用法とも思えるほどですが、金素雲は、この「見やれ」を用いながら、もう一度、日本語の原義に立ちかえって、視線をはるか遠くへ差し向けた。といってもよいかも知れません。

金素雲は、きっと『山家鳥虫歌』にも目配りをきかせていたことは確かなことです。次の歌もみてみます。

○手ぬぐい　手ぬぐい
半幅《はんはば》手ぬぐい
さまにもろうた
半幅じゃないか

もろた手ぬぐい
すれ切るごろは
さまのなさけも

薄れよに　（手拭《てぬぐい》〈慶尚南道〉・意訳謡Ｉ）

ここは「手ぬぐい」ですが、贈物が男女の仲をいっそう深めるという歌謡は、日本にも多いのですが、ここは男からの贈物で、「さまにもろうた／半幅じゃないか」と娘ごころが歌われています。この「さまにもろうた」のフレーズが『山家鳥虫歌』にも次のように歌われています。

○様《さま》に貰《もろ》うた根付《ねつけ》の鏡見れば恋増す思ひ増す　（九一　和泉）
『山家鳥虫歌』

「根付《ねつけ》」は、紐の端につける留め具です。小さなサンゴやメノウや象牙の材に細かい彫刻を施した飾り留め具です。贈物としては心がこもっています。その根付がついた鏡を「様に貰《もろ》うた」と歌っています。「君がくれたる」とか「君に貰ひし」とかの表現で、男からプレゼントしてもらって心を浮き浮きさせる句は、日本の歌の類型でもあるのですが、「さまにもろうた」というフレーズで金素雲が日本語に移したときには、この「様に貰うた根付の鏡」の口調がふと映った、といえるかも知れません。そうであれば、やはり金素雲のバックグランドにはいよいよ『山家鳥虫歌』が確かにあったのだ、といえそうです。

『朝鮮民謡選』には、みごとに日本の伝承歌謡の調べが映り合っていますが、そこには彼自身の日本の古典歌謡―閑吟集や狂言歌謡、山家鳥虫歌など―へ深い親しみが、実に自然に融け合って生かされていることが、あらためて感じられます。最後にもう一つ「見やれ」の歌を紹介します。

○見やれ　あの雲
仙人《せんにん》乗せて
きょうも
天子の峰めぐる

わしも往《ゆ》きたや
あの雲乗って
仙人たちの
酒宴《さかもり》に　（雲〈慶尚南道〉・意訳謡Ⅰ）

「見やれあの雲」と、はるか、慶尚南道の昌原郡に在るという天子峰（本文に原注があります）をめぐるうたを歌います。その視線の彼方には「仙人たちの酒宴」を夢見てもいます。金素雲はこの『朝鮮民謡選』の末尾に添えた「朝鮮口伝民謡論」の一番最後に、この歌を引いたあと、次のように記して、この書を閉じています。少しながいですが、引いてみます。

朝鮮民謡の天来の諧音（ハーモニー）は、この幻想に、蒼空《あおぞら》に、ほほえみ見交わす瞳の底にある。「笑って済ませ」とは朝鮮人が箴言《しんげん》と心得ている二た口目の言い草であるが、これは強《あなが》ちに無気力な仏教流の諦観からではない。悲しみを悲しみとし切れず、憎しみを憎しみとなし切れぬこの民族性の上に、双手をのべて迎うべき晴やかな朝の空がなくてはならない。その夜明けこそ、民族性の奥底に潜むこの「笑い」が新たな衣を着けて蘇《よみがえ》るときである。

この『朝鮮民謡選』を編んだのは昭和八年（一九三三）のこと、この時代の背景を背負いながら金素雲は「悲しみを悲しみとし切れず、憎しみを憎しみとなし切れぬこの民族」の思いを、心を抑えつつ記しています。〈慶尚南道〉は、金素雲の故郷、「見やれ　あの雲」と訳した瞬間に、故郷の空と雲が彼の心に蘇ったのでしょうか。日本に在って、民族の歌を日本語にみごとに移しながらも、いや、みごとであるほどに、喪われた祖国の空に向かっての「双手をのべて迎うべき晴やかな朝の空がなくてはならない。」という思いは深かった、といえるかも知れません。「見やれ」の語法は日本の古典歌謡を承けながら、彼方へのはるかな視線を再びとり戻し、故郷（慶尚南道）へも思いを馳せることにもなった、ともいえるでしょうか。

3

金素雲が朝鮮民謡を日本語に翻訳するにあたって、『閑吟集』（一五一八）や『山家鳥虫歌』（一七七二）など日本の中世・近世歌謡の伝統的発想や口調・口吻をさりげなく生かしながら、見事な日本語の民謡調に移していることを、これまでにみて来ました。次に少し違った視点からみていくことにします。

○ぬしをたずねて

青楼《いろざと》ゆけば
番《つがい》い蝶々《ちょうちょ》が
出て迎う

（双螺〈慶尚南道〉・意訳謡2）

この歌の末尾には「遊女を蝶に見立てて」と注が付いています。「意訳謡2」というのは、この歌のように日本の近世調歌謡（七七七五）のリズムにととのえられた短い歌だけで編まれています。この歌の「ぬし」というのは、女から男への、親密で、しかも敬意のこもった呼称で、夫や恋人など女にとっての「いい人」にあたります。この歌では、その「いい人」が女のもとから消え去ったのでしょうか。ひょっとして、色街に誘いこまれ迷い入ったのかと、「私」がたずねて歩くと遊女たちが連れだって、まるで「私」を迎えるようだ、というのでしょう。勿論「ぬし」は探せないままです。「ぬしをたずねて」途方にくれている女の戸惑いのようなものが伝わって来ます。

この「ぬし」という呼称がちょっと注意されるところです。『山家鳥虫歌』には、この種の、女から男への親密な呼び方が多様に用いられています。「殿」「殿御《とのご》」「様《さま》」「こなた」「君」などですが、ここにいう「ぬし」というのは見当たりません。金素雲は「さまにもろうた／半幅じゃないか」（前回引いた歌です。15ページ参照されたし。）のように「さま」を何度も用いていますが、「恋し殿御を／夢路で逢うて」（「夢路」・意訳謡2）など「殿御《とのご》」も、少ないですが用いています。これは「コイシトノゴヲ」（七音）のように「さま」では五七のリズムにしにくい場合に限っているようです。

『山家鳥虫歌』をよく読んで参考にしていたと思われる金素雲ですが、そこでは使われていない「ぬし」を彼はどこからヒントを得たのでしょうか。次のような白秋の歌が気になるところです。

○お茶は清水へ、お月さんは山へ
わたしや蜜柑《みかん》の、
ぬしと蜜柑の　花かげへ　（北原白秋「ちゃっきり節」）

ご存知「ちゃっきり節」は白秋作詩、町田博三（嘉章）作曲の静岡の「新民謡」。昭和三年（一九二八）に『週刊朝日』に発表され、昭和六年（一九三一）にはビクターから市丸が歌ってレコードが出ています。上に引いたのは全一七連（当初は二四連だった）のうちの一連です。「ぬしと密柑の花かげへ」とあって、男女の風景がほほ笑ましくも明るく描かれています。ひょっとして、金素雲は白秋の「ぬし」の句に惹かれて「ぬしをたずねて」の句に用いたのではないか、と思われます。この一例では心細いので、もう一つあげてみます。

○前の江《かわ》には
片帆《かたほ》が見える
後《うしろ》の江には
真帆《まほ》の舟。

片帆揚げたは
漁《いさ》りの舟よ
真帆で来るのは
ぬしの舟。

（真帆片帆（京幾道）・意訳謡1）

「真帆」は風を満帆にして、頭風を受けて走ること。「ぬしの舟」はまっしぐらに「私」に向かって来ているのでしょう。愛しい男が帆に風をはらませて近づいてくる様子が、女の浮き立つ期待感をもはらんで歌われているようです。この「ぬしの舟」が、白秋にも歌われているのです。

○舟はゆくゆく通り矢のはなを
濡れて帆あげたぬしの舟

（北原白秋「城ヶ島の雨」）

これもご存知「城ヶ島の雨」の第三節めの詩句。初出は大正二年（一九一三）『処女』誌、大正六年（一九一七）には奥田良三が歌ってレコード化され、この歌はひろく知られるようになった、といいます。「濡れて帆あげたぬしの舟」は、その前節「雨は真珠か、夜明の霧か／それともわたしの忍び泣き」に続くもので、「濡れて」いるのは、「わたしの忍び泣き」とも映り合っているようです。「ぬしの舟」は遠く離れて行って、金素雲の「真帆で来るのは／ぬしの舟」とは、女の思いは対照的なのですが、女が向ける視線のかなたの「ぬしの舟」の景は、同じです。金素雲は「ぬし」という単語だけでなく、「ぬしの舟」という一句にも白秋に惹かれて、わが訳詩のなかへ引いたのだ、と思われます。

この「ぬしの舟」の句が白秋詩との偶然の一致ではなかったろうと思われるのは、次の歌でも伝わってきます。

○宵の明星も
もう山越えた
灯り消さぬか
お寝《よ》らぬか。

明日の機《はた》には
かけねばならず
寝ては紡げぬ
糸ぐるま

（夜なべ（慶尚南道）・意訳謡1）

二連が対話するように唱和の形になっているようです。前段の「お寝《よ》らぬか」の句には聞き覚えもあるでしょうか。次の白秋の歌とすぐ結びつきます。

○ちんちん千鳥よ、お寝《よ》らぬか、

お寝らぬか、
夜明けの明星が早や白む
早や白む。

（北原白秋「ちんちん千鳥」）

大正一〇年（一九二一）『赤い鳥』に掲載され、同年近衛秀磨が作曲、昭和三年（一九二八）に曲を添えて出版されています。四連の最終連がこれです。この「お寝《よ》らぬか」は、日常の口語では使わない言葉ですから、この句は、耳にした時からすぐ心にとまります。「御夜（およる）」の女房詞から出た言葉といわれ、敬意がこもります。

○音もせいで　お寝《よ》れ　お寝れ
鳥は月に鳴き候《そろ》ぞ

（『閑吟集』二二七）

「お寝《よ》る」を歌謡でさかのぼれば、やはり『閑吟集』にたどりつきます。「まだ夜半ですから、静かにお寝み下さい」と起き出そうとする男を帰さずに引きとめている風情の歌です（この歌も前に引きました。9ページをご参照あれ）。金素雲もこの歌を知っていたのでしょうが、「夜なべ」の「お寝《よ》らぬか」の一句は、やはり白秋がこの句を「現代」に甦らせた「ちんちん千鳥」の「お寝《よ》らぬか」の句がそっくり映ったもの、と考えた方が自然です。白秋詩とは「宵」と「夜明け」のちがいはありますが、「明星」が共通の仕掛けになっているところなど、全素雲の白秋への思いが推しはかられます。

金素雲が、この岩波文庫版『朝鮮民謡選』を出すきっかけになったのは、白秋の肝入りで昭和四年（一九二九）『朝鮮民謡集』を出版したことでした。このことはこれまでにも記しました。白秋は、金素雲の日本語訳の草稿を見た時から絶賛し、序文まで書いたのでした。白秋は、金素雲にとって文字どおりの、敬愛してやまない師だったといえるでしょう。白秋が金素雲の深い理解者であったのは勿論ですが、何より金素雲の方が詩人としての白秋に強く惹かれていたことは確かなことです。草稿を携えて門を敲いたのが、ほかならぬ白秋であったことがそのことを何より物語っています。

「ぬしの舟」「お寝（よ）らぬか」の時句も、金素雲の詩心が、日頃愛読し、あるいはレコードで親しんでいた白秋の詩に融け合うように、自然に重なっていったもの、といえそうです。最後にもう一つ。

○姑《しゅうと》死ぬよに
　願かけしたに
　里のおふくろ
　死んだそな
　　　　　（姑死ぬよに〈慶尚南道〉、意訳謡2）

ちょっとユーモラスで、それでいて悲しくなるような、この味わいは、白秋の次の歌を思わせるものがあります。

○あの子もたうとう死んだそな

嫁とり前じゃに、なんだんべ。
蕪畑《かぶらばたけ》にゃ鰯《いわし》がはねる。
お墓まゐりでもしてやろか。

（北原白秋「あの子この子」）

「鰯」は「肥料」だそうです。これは大正一一年（一九二二）に発表されたもので、翌年民謡集『日本の笛』（一九二二）に収められました。作曲は平井康三郎。ここでも「死んだそな」の句が金素雲の訳となっていています。この句にこもるペーソスが金素雲の「里のおふくろ／死んだそな」のフレーズに映り合っているように思われます。「ぬしの舟」「お寝（よ）らぬか」の句とともに、ここでも白秋が乗り移っているようです。

以上、金素雲の日本語訳のいくつかが、これまでに彼が師とも敬愛する北原白秋の詩句と融け合うように重なっていることについて触れてきました。

次に、もう少し広くこの『朝鮮民謡選』を生み出した、あの時代の歌謡の流行との関わりについて触れたいと思います。

突然ですが、最初に次のような歌をあげてみます。

○逢いたさ見たさに恐さを忘れ
暗い夜道をただひとり

逢いに来たのになぜ出て逢わぬ
　いつも呼ぶ声忘れたか
いつも呼ぶ声忘れはせぬが
出るに出られぬ籠の鳥　　　（千野かほる「籠の鳥」）

お若い方にはなじみの薄い歌かも知れませんが、少し年配の方々にはよく親しまれた歌です。大正一一、二年（一九二二、三）に大流行した「籠の鳥」ですが、この歌が『山家鳥虫歌』の次の歌を原型にしていることは、知る人ぞ知る、ところでしょうか。

○逢いたさ見たさは飛び立つ如く籠の鳥かや恨めしや　（一九八　信濃）
○籠の鳥ではわしやござらねど親が出さねば籠の鳥　（一九九　信濃）

これには、類歌が各地方に伝えられていて、大正の新作「籠の鳥」がこれだけを参考にしたとは即断できないのですが、作詞の千野かほるがこの元歌を熟知していたから生まれた歌であることは確かとおもわれます。大正末期の、時代の、ある閉塞感ともあいまって大流行したことがうかがえます。
大正から昭和初期にかけて、芸術座の松井須磨子の劇中歌（「カチューシャの唄」など）や地方の新民謡の隆盛、「赤い鳥」の童謡運動、それに新しい歌謡曲（「船頭小唄」「出船の港」等々）の流行がレコード産業の勃興やラジオ放送の開始などと重なって、まさに新しい「歌謡の時代」の様相を呈していたことは、もうすでに周知のとおりです。作詞者たちが、この時代の波のなかで、ちょうど大正四年（一九一五）にあい次いで刊行された有朋堂文庫『近代歌謡集』（七月）、阿蘭陀書房刊『小唄』（一〇月）によく親しんで参考にしていたことは十分想像されます。この双方に『山家鳥虫歌』が収められていますから、詩人たちが時代の風を感じながらこの歌集に向かっていたことが思われます。上の「籠の鳥」もその一つだったのです。

次の歌もよく知られた歌です。

○磯の鵜の鳥や　日暮れにゃかえる
波浮の港にゃ　夕やけ小やけ
あすの日和は
やれほんにさ　なぎるやら
（野口雨情「波浮（はぶ）の港」第1節）

この歌は大正一三年（一九二四）に発表され、昭和三年（一九二八）に日本ビクターがレコードを出して、大ヒットしたといわれています。この歌には「日暮れにゃ」とか「港にゃ」など「には」が「にゃ」という拗音になって用いられていますが、こうした拗音化の傾向は、この時代の創作歌謡の特徴的な口調といえそうです。「コンときつねがなきやせぬか」（「叱られて」大正九年）「波にゆられりゃお船はゆれるネ」（「木の葉のお船」大正一三年）など文字どおり枚挙にいとまがありません。注意されるのは上の「鳥や」のように名詞までが「トーリャ」と拗音化しているところです。これは上に引いた「籠の鳥」の『山家鳥虫歌』にも「わしゃござらねど」にもありました。『山家島虫歌』には他にも「これが立たりょか子を置いて」（三

二一　紀伊）「夢に浮き名は立ちやせまい」（六七　摂津）など多くの歌がこうした拗音化した口調で歌われています。大正・昭和の創作歌謡の詩人たちは、こうした近世庶民の声調に学びながら「現在」の日常の口調を、より身近な歌謡のためにとり入れていたのです。金素雲もまた、たとえば「その卵さえ／拾えたら／今年の科挙が／通らりょに」（「科挙」）などのほか名詞にも「塀を越すときや／犬めが吠えて／しきい越すときや／鶏が鳴く」（「逢瀬」）のように、拗音をふんだんに用いています。直接間接を問わず、金素雲も『山家島虫歌』現象（？）に（いま風にいえば）ハマっていたということになりますし、創作歌謡の、時代の波のただなかにいたということにもなります。

実は、ここに雨情の「波浮の港」を引いたのには、もう一つ理由がありました。末尾の「やれほんにさなぎるやら」の部分に触れようと思ってのことでした。この「なぎるやら」は、二番には「いるのやら」とも歌われ、五番にはまた「なぎるやら」がくり返されて終っています。こうしたリフレーンが、波間に揺れるような、この歌の心もとない思いを伝えてくれているようです。こうした気分を歌って白秋もまた「やら」を早くから用いていています。

○昼は旅して夜は夜で踊り
　末はいづくで果てるやら　　（白秋「さすらいの唄」より）

これは四連めの後半、歌の末尾です。大正六年（一九一七）芸術座公演の「生ける屍」小唄として歌われ、翌年レコードにされたといいます。文法的にいえば「やら」は不確かな思いを表わす終助詞です。劇中歌とはいえ「末はいづくで果てるやら」と結ぶのは、見通すことができない不確かな、この時代の向うを見やっているような歌いぶりです。翌年には芸術座の島村抱月自身が「沈鐘」の劇中歌を書いています。

○どこからわたしゃ　来たのやら
いつまたどこへ　かえるやら
咲いてはしぼむ　花じゃやら
むれてはあそぶ　小鳥やら
（島村抱月・楠山正雄「森の娘」より）

大正七年九月公演、中山晋平の曲で歌われたといいます。三連あるうちの第一連です。冒頭から「やら」が四行も続いています。明るいところが一つもない、時代そのものの不安感が伝わってくる感じです。こうした表現もまた『山家鳥虫歌』から触発されていたといえそうです。

○半季女子《はんきをなご》に心を置きやれ
　どこのいづくで語ろやら　（一〇六　摂津）
○花の盛りをこなたでしまふた
　どこを盛りと暮《くら》そやら　（三七　大和）
○花は一枝折り手は二人
　わしはどちらへ靡《なび》こやら　（三九　大和）

『山家鳥虫歌』には「やら」を用いた歌がほかにも四、五首はあります。上の歌にも「どこのいづくで」

とか「どこを盛りと」とか「わしはどちらへ」とか、行方定めぬ、不安げな揺れる思いが「やら」を用いて歌われています。白秋・抱月・雨情らがこうした気分を感じとって、「今」の時代の歌謡に生かしていったことは十分考えられるところです。上に引いた「末はいづくで果てるやら」（白秋）にも、「いつまたどこへかえるやら」（抱月）にもそのまま映っているようです。

『朝鮮民謡選』にもいくつか「やら」を含んだ歌があります。

○高い廊下で
帛《きぬ》織る人は
誰を殺そと
いうのやら

器量自慢も
ほどようなされ
見えて行けぬは
なおつらい
（「器量」意訳謡1）

日本の民謡なら、美女に向かって「さんこさんこと名は高けれど／さんこさほどの器量じゃない」（島根県民謡）などと、わざと意地悪く歌って美女の気を引こうとしたりする歌もあるのですが、この歌は純情な歌です。手の届かぬ美女をただ見ているだけで「誰を殺そ／というのやら」と歌っています。「いうのやら」には、見向きもしない女への、男のやるせない気分が歌われています。これは「やら」の効用といってよいでしょう。もう一つあげてみます。
○あれを見たかよ
北邙《ほくぼう》の山に
墓が殖《ふ》えたよ
また一つ

十万億土と
ようも　嘘ついた
死なば南山に
行くばかり

歌がひびくよ
葬い歌が
通る柩《ひつぎ》は
誰じゃやら　（「北邙歌《ほくぼうか》」・叙情謡）

「北邙山」は注に「墓地のある山」とあります。どんな時に歌う歌なのでしょうか。悲しい響きの歌です。

「人生の無常」を一般的に歌っているとも思われません。「ようも嘘ついた」の句には不本意な思いがこもっているようです。そうであれば「誰じゃやら」の句には、故郷ではないところで不本意な死を迎えた、どこの誰とも知らぬ同胞への悼みが歌われているようにも伝わって来ます。金素雲はこの詩句に、確かめるすべもなく自分の力ではどうしようもない思いを表わす語として「やら」を用いることを、白秋や抱月、雨情の歌から、また『山家鳥虫歌』からも示唆を受けたのだと思われます。「誰じゃやら」の響きには抱月の「花じゃやら」の口調も映っています。『朝鮮民謡選』にはなお数首の「やら」を用いた歌が含まれています。金素雲『朝鮮民謡選』は、民族のながい歴史のなかで生まれた民謡の日本語訳ですが、この翻訳は「日本の創作歌謡」の流行という新しい流れの中でこそ生まれ得た、といえるように思います。

4

金素雲訳の『朝鮮民謡選』には、金素雲の翻訳した朝鮮民謡の口調が、日本の大正から昭和にかけての、新しい歌謡の時代の流れと深くかかわっていたことについて触れてきました。当時の歌謡の創作が、近世半ばの『山家鳥虫歌』〈明和九年（一七七二）〉に歌われている庶民の声調から強い影響を受けていたであろうことにも触れてみたのでした。『山家鳥虫歌』・大正昭和の新しい歌謡・『朝鮮民謡選』と並べると、何だか三題噺（ばなし）めいて来ますが、ここでもそのことに触れながら、このテーマのまとめにたどりつきたいと思います。最初に、白秋の次の歌をあげてみます。

○ダンスしませうか

骨牌《カルタ》切りませうか
　ラランララランラララ
赤い酒でも飲みませうか
　（北原白秋「酒場の唄」より）

この歌は大正八年（一九一九）一月、芸術座公演『カルメン』の劇中歌です。中山晋平作曲で、同じ年の五月にレコードも出ています。この歌は五連つづいていて、そのすべてが「～ませうか～ませうかララン・・・～ませうか」の型で歌われています。白秋はこの「～ませうか」の口調がよほど気に入っていたとみえます。この口調の歌詞は、大正期の創作歌謡で一番早いものかも知れません。もう一つ、一世を風靡したのは、ご存知、次の歌です。

○シネマ見ましょか　お茶のみましょか
いっそ小田急で　逃げましょか
　（西条八十「東京行進曲」より）

これは映画「東京行進曲」の主題歌、第四連の前半です。昭和四年（一九二九）ですが、この五月にビクターからレコードが出て、全国的に大流行した、といわれます。小田急も開通したばかりの頃、モダンな東京のハイカラぶりがよく歌われています。白秋の「～ませうか～ませうか」が西条によって、少しテンポよく「～ましょか～ましょか」と承け継がれて、再生したかのようです。こうした「～ましょか」をくりかえす歌詞には、大衆文化が盛んになって庶民の選択肢が広がっていった、大正・昭和の時代の風が反映しているのは勿論ですが、この時代の詩人たちが、『山家鳥虫歌』の次の歌から触発されていたことも十分うかがえるところです。

○心中しましょか髪切りましょか　ヤアレ
　髪は生えもの身は大事　ヤアレ　ヤレヤレ
（一三九　伊勢）

「心中しましょか髪きりましょか」などと、深刻に男への誠意を誓う女の歌のようですが、後段では「身は大事」とばかり、死にもせず、また生えてくる「髪」の方を選んだ女の計算ものぞいているようです。それを「ヤアレ」とはやして歌っていますから、これは、酒宴の歌なのでしょう。この明るい歌いぶりが、「モダン」に浮かれている大正・昭和の気分と重なって、「〜ましょか〜ましょか」の型の歌を、「時代」の方が受け入れていったものとも思われます。各地に類歌がありますが、大正四年（一九一五）有朋堂文庫『近代歌謡集』発行のタイミングや前にみた「籠の鳥」の歌の流行など、やはり『山家鳥虫歌』が一つのきっかけをつくったことは確かなことと思われます。
「〜ましょか」をくりかえさずに、一度だけ用いて静かに問いかけている歌もあります。

○唄を忘れた金糸雀《かなりや》は　後の山に棄てましょか
　いえ　いえ　それはなりませぬ

（西条八十「かなりや」より）

ご存知「かなりや」は大正八年（一九一九）一〇月『赤い鳥童謡集』に成田為三の作曲で世に出されました。「後の山に棄てましょか」のフレーズのところが二連、三連で「背戸の小藪に埋《い》けましょか」「柳の鞭《むち》でぶちましょか」と少しむごい詞句で「〜ましょか」がくりかえし歌われます。白秋にもあります。

○この子もたうとうおっ死《ち》んだ。
嫁入り前だに、なんだんべ。
花は馬鈴薯《じゃがいも》、うす紫よ、
鉦《かね》でも叩いて行きましょか

（北原白秋「あの子この子」より）

大正一一年（一九二二）の歌です。この歌は第二連めですが、第一連めに「あの子もたうとう死んだそな」とあって、このテーマ二つ目にも引きました。ここでは「鉦でも叩いて行きましょか」と歌って、嫁入り前に死んだ女の子を哀しく悼んでいます。八十の「棄てましょか」も白秋の「行きましょか」も、優しく静かな、呟きにも似た問いかけです。こうした歌いぶりは、静かな意志・呼びかけの次の歌とも映り合っています。

雪のふる夜はたのしいペチカ。

ペチカ燃えろよ。お話しましょ。
（北原白秋「ペチカ」より）

かけましょ、鞄《かばん》を母さんの
あとからゆこゆこ鐘が鳴る
（北原白秋「雨ふり」より）

「ペチカ」は大正一二年（一九二三）、山田耕筰作曲。「雨ふり」は大正一四年（一九二五）の作で中山晋平の作曲。いずれも今もよく親しまれている歌ですが、ここの「お話しましょ」「かけましょ」には傍にいる人に呼びかけ、誘いかける優しさがあります。『山家鳥虫歌』にも次のような「〜ましょ」の句をもつ歌があります。

○みすじ風呂《ふろ》が谷朝寒むござる
炬燵《こたつ》やりましょ炭《すみ》添へて
（三三八讃岐）

○千世の前髪下ろさば下ろせ
わしも留めましょ振袖《ふりそで》を
（三八二薩摩）

このほかにも「わしがちょこちょこ通ひましょ」（三〇八安芸）などとも歌われます。大正・昭和の「〜ましょ」の口調がこれらの歌から直接影響を受けた、とは言い切れませんが、庶民の誰もが歌える口語調のこれらの口吻が、白秋らの調べにも自然に同化していたとはいえそうです。
こうした問いかけ、誘いかけの詞句をもつ歌が『朝鮮民謡選』にも訳出されています。

○小雨降ろうと
　知りさえしたら
　竿に生帛《きぎぬ》を
　干しましょか

　さまが旅から
　かえると知れば
　なんで閂《かんぬき》
　かけましょか

（閂〈慶尚南道〉・意訳謡1）

この歌、二連ですが、後段が主意ですから、前段の「竿に生帛《きぎぬ》を／干しましょか」は後段の「なんで閂《かんぬき》／かけましょか」を誘い出す「序」といってもいいものです。ここには「かなりや」の「後の山に棄てましょか」の口調が映っているのがみてとれます。しかし、金素雲は、白秋、八十にもなかった反語調で、「あなたが旅から帰ると分かったら、どうして問などかけましょうか」と、愛しい人を待つ思いを、静かな調べのなかにも強い思いをこめて訳しているのが印象的です。次の歌にも「ましょか」が入っています。少し長いですが引いておきます。

○涼し木の下　樹陰の下に
　水を汲もとて　出て来たら
　知らぬ若殿　来かかって
　水が所望じゃと申された。
　聞いて見ましょかどちらのどなた
　水営大監《スヨングテガム》の一粒息子
　わしも聞きましょ　どちらの娘
　慶尚監司《キョングサングカムサ》の孫娘、
　木綿糸ではかけられず、
　帛《きぬ》の機《はた》にはかけられず
　帛の機でも糸ないときは
　木綿の糸で織りもする。
（木綿糸〈慶尚南道〉・叙情謡）

一時代前の「歌ごえ」の歌に「泉に水汲みに来て娘らが話していた」というのがありましたが、それに少し似ています。ここでは一対一の男女のようです。「聞いてみましょかどちらのどなた」と若い娘が問いかけます。「わしも聞きましょどちらの娘」とこんどは男が問い返しています。「水営大監」は「水軍の司令」、「慶尚監司」は「慶尚道の長」との注が添えられています。「木綿の糸」は「身分の低さを喩えた隠語」ともあります。この歌は、身分の違う娘のはかないのぞみの歌のようです。白秋・八十らの口調が映り合った「聞いて見ましょか」「わしも聞きましょ」の会話の応答が、実に生き生きとして、この歌に強い印象を残していることは確かです。もう一つ紹介します。

〇上田済んだか
下田《しもだ》はまだか、
田水やりましょ
送りましょ。
オゥホヤドゥンクジロダ
（ドゥングジ〈黄海道〉・労作謡）

これは四連が続く二連めの一節です。「ドゥングジ」には注があって「旧暦の三月過ぎ、燕が低く軒をかすめる頃は、ゆるやかな余韻を曳いて野のここかしこに響く楽しい歌声がある。それが「ドゥングジ」だ。見渡すかぎりの広い野面に、流れ寄り縺れ合う歌声は水田に立つ農夫の胸にも春の夢を蒔いてゆく。」とあります。金素雲は故国の野面の歌声にいっぱいの思いを馳せて「ドゥングジ」について注を書き添えています。「注」はまだ三倍ほどの長さで続いています。これは「田植歌」であり「草取歌」でもあるのですが、「オゥホヤドゥンクジロダ」の囃しには、弾むような拍子の歌声が聞こえてきそうです。「田水やりましょ／おくりましょ」の詞句は、ここではたくさんの農夫が互いに歌いかけ、呼びかけあう、協同の声になっているともいえます。「～ましょ」の白秋らの口調を移しながら、ここには静かな語らいや誘いかけから、「～ましょ」を広く明るい野面へ解き放っているかのようです。

金素雲は、「～ましょか」「～ましょ」の訳語でも、当時流行した日本の歌謡の白秋や八十の詩句から離れることはできなかったといってもよいのですが、しかし、日本の詩人たちとも異なる世界を、せいいっぱいの民族の心に乗せて歌おうとしていた、ともいえそうです。

そうではあるけれど、「ドゥングジ」のような民族の労作歌の翻訳もまた日本民謡調の七七七五の調べで整えてもいるのです。当時の日本の歌謡には、次のようなものも作られていました。

○嫁に来るときゃ
島田で来たが
いまじや髪結う
ひまもない

（古茂田信男「嫁に来るときゃ」）

昭和五年（一九三〇）に作られたもので「草津節」の節で盛んにうたわれた、といいます（『新版日本流行歌史』上）。新民謡といわれるものもこうした七七七五のリズムで作られ、歌われたものが多いのです。『朝鮮民謡選』の「意訳謡」の翻訳はそのほとんどが七七七五でした。その意味でも日本の新しい歌謡の時代のさ中にあった、といえそうです。

『朝鮮民謡選』の末尾に「朝鮮口伝民謡論」という力篇が添えられていますが、そこには「朝鮮民謡の呼吸は四四調を基本」としていることが詳しく分析されています。

「改訂版あとがき」には次のようにも記されています。


民族の詩心の最も素朴な表現である口伝童・民謡が果たして翻訳できるものか、どうか、疑わざるを得ない。律調を離れて二分の一、言語を変えることによってさらに二分の一――、ある程度の翻訳の功を収めたとしても、期待できるのはせいぜい四分の一どまりである。


『朝鮮民謡選』を出してから四〇年後の感想です。苦い思いがみてとれます。本来、朝鮮民謡の律調は四四調だといいますから、この七七七五調の翻訳は、「日本の歌謡」のように読まれたにちがいありません。「日本人」が読むように翻訳されたといってもよいかも知れません。おそらく、このリズムでは一度も声を出して歌われることはなかったでしょう。当時、日本に住むことになった朝鮮の人々が、日本語を話すようになっていた、としても、この翻訳の日本語「朝鮮民謡」を歌うことはなかったことでしょう。民族の内在律とは全く異なるものでしたでしょうから。

「朝鮮の民謡を、この日本の歌謡調に翻訳することの難事」を「金君は易々と仕上げている」と讃辞を送ったのは北原白秋でしたが、この『朝鮮民謡選』への讃辞も、また、この翻訳そのものさえもが、若き金素雲にとって、あるいは朝鮮民族にとって、言い知れぬペーソスとも苦いものだったとも思われてもくるところです。

この「苦さ」が金素雲の根底にあり続けたことをいまの日本の読者は理解しておくことが望まれていそうです。

以上で、「金素雲『朝鮮民謡選』と日本の歌謡」のシリーズは終わります。

1

歌謡《うた》つれづれ

比喩のある歌謡、私のベスト3

のっけから、余談で恐縮ですが、私が日常書いている文字の字体、細かくて丸くてふにゃふにゃした、この形は、学生時代に講義をひたすらノートした時に出来上がったのではないか、と思っていましたが、近ごろ四〇年以上前の大学ノートをひっくり返して見ていて、あらためてそのことを実感した次第でした。その頃の講義は、先生がご自分のノートを読みあげるのをただ黙々と書き写していくものでした。一言も書き漏らすまいとしたものか、私のノートの一ページには四五字（前後）×二六行、約一二〇〇字が記されています。一講で四ページ半前後、毎回五〇〇〇字ほど（講義準備の先生のご苦労も思われるところです）を書き続けたことになります。自分の字の形も決まってしまうのも、むべなるかな、という気がします

つぎねふ山代女《やましろめ》の
木鍬《こぐは》持ち打ちし大根《おほね》
根白《ねじろ》の白腕《しろただむき》
枕《ま》かずけばこそ
知らずとも言はめ

（記六一・紀五八）

〈〈つぎねふ〉山代の女が木の鍬で掘り起こした大根。その根が白いように、お前の白い腕を私が枕にして寝なかったなら、私を「知らない」といってよかろうが、共寝をした仲ではないか〉。）

学生時代のノートをひっくり返して眺めてみたのも、この歌との出会いのことを確かめてみようと思ったからなのでしたが、狭い部屋に閉じこめられるように、確かにこの歌は詰めこまれて記されていました。いまは、亡くなっておられますが、若い時の大久保正先生（注一）の「上代文学の諸問題」という講義ノートです。

この歌は、古事記・日本書紀では、仁徳天皇が、嫉妬して山代《やましろ》へ逃げ帰った磐姫《いはのひめ》皇后に贈った歌とされているものですが、この時の講義で、この歌について「宮廷的なことは何一つ認められず、かえって木鍬で打つ大根の白さから白い肌を連想する発想法は農民の生活を思わせるもの」と講じられたのが、印象的でした。はじめて記紀歌謡の在り方について聴いた新鮮な驚きがありました。

これを最初の出会いとして、その後も何度もこの歌に親しむ機会がありました。味わいは、どんどん深まります。山代の若い女が木鍬を持って、というところからして、打ち起こす農作業の所作が目に浮かびます。何より、その打ち起こしたばかりの大根の白さの印象が女の腕に即座に結びついているのが愉快です。いまは、大根で女性をたとえようものなら、それだけで振られてしまいそうですが、この歌の大根は、実に愛着をこめて歌われ、女の腕も「白腕《しろただむき》」という一語のもとに讃《ほ》められています。女の肌の白さが、その時代から美しいものとして称えられている、というのも愉快です。

この歌は、振られ男が未練がましく女に向かって、ヨリを戻してほしい、と歌いかけた農民歌謡だったのでしょうが、「大根の根の白いように白い腕」と結びつく比喩がこの歌の面白さを引きたてるポイントになっています。いまの詩法の言葉でいえば、「〜のような」の「直喩」の歌ということになります。上代歌謡のなかでもよく知られた歌ですから、ご存知の方も多いと思いますが、矚目（しょくもく・目に触れること）的な直喩のこの歌が、今書いている私の字体の形成とも重なって、忘れがたい出会いの歌になっています。「わたしのベスト3」の一つとする所以《ゆえん》です。

吉野川の花筏《はないかだ》
浮かれてこがれ候《そろ》よの
浮かれてこがれ候よの

（閑吟集　一四）

この歌は、私が「山代女」の歌と出会った半年ほどあとで、卒業論文を中世歌謡に見当をつけて閑吟集を読んでいたときに強く印象に残ったもので、いまも親しみ深い歌の一つになっているものです。

突然、冒頭から「吉野川の花筏」と歌い出されているところが何より魅力的です。「浮かれてこがれ候よの」と歌い続けて、「花筏」が「揺れ浮きながら漕がれて」いることを歌うことで、それが自然に「わが心も恋に浮かれ焦がれるばかり」の思いが重なるように伝わって来ます。「花筏」は、吉野川に無数の桜の花が散りかかった、水の上一面の花そのもの、とも、花の散りかかった筏、とも言われています。冒頭に歌い出される美しさの衝撃にくらべると、どちらでもいいようにさえ思えて来ます。あえて、どちらか、といえば、吉野川の風物詩のような筏を思うと、「桜の散りかかった筏」の方が似合いそうにも思えて来ます。真鍋昌弘氏も「花筏」に「花の散りかゝりたる筏や」（俳諧御傘）を引いて注を付けておられます（注二）。「漕がれ」と続く響き合いも自然かナ、とも思います。

ともあれ、この歌の魅力は、何の予告もなしに、主語も告げずに「吉野川の花筏」と歌い出したところにあります。「身は浮草の」（一〇五）、「身は近江舟かや」（一三〇）など、「身は―」で歌い出す歌も『閑吟集』中いくつもあるなかで、そう歌い出さずに、見立てたもの、比喩そのものを冒頭に添えているのは、いま風に云えば「暗喩」の詩法を生かした歌ともいえそうです。この暗喩の向うにあるのは、あえて添えなかった「（わが）身は」ではなくて（そうであれば、「わが身」の「花筏」が美しすぎるようにも思います）、美しくも浮き立つ「わが恋の思い」そのもののようにも思われてきますが——、それさえもまた言わぬが「花」か、ともいえそうです。

学生時代から引きずって来た歌の一つを、歌い出しの美しい「暗喩」に惹かれて、「ベスト3」の一つに加えてみました。最後にもう一つ——。

かます頭巾が苫舟《とまぶね》のぞく
桔梗《ききやう》の手拭が土手はしる

（鄙廼一曲・六四越後国　臼唄）

この歌は近世の文化年間に菅江真澄によって編まれた『鄙廼一曲』（注三）のなかの一章です。一〇年ほど前に註釈を試みていたなかで出会ったものです。

「かます頭巾」は「叺《かます》」の形をした頭巾ですが、ここは、その「かます頭巾」を冠った男をさしています。「桔梗の手拭」は「桔梗花色の手拭」ですが、ここでは、それを被った女をさしているのです。菅などを編んだ苫で屋根を覆った舟から、かます頭巾の船頭が顔を出しています。その舟が走っているのに添うように桔梗の手拭いを被った女が土手を走りながら、追いかけていく、というのです。この男女二人の描写で二人のただならぬ関係を浮かび上がらせるドラマの仕掛けが出来上がっているようです。

ここで注意されるのは「かます頭巾」でそれを冠っている男を、「桔梗の手拭」といっただけでそれを被っている女を表現しているところです。対象の付属物を歌って対象そのものを表現する、詩法でいえば「換喩」の技法が、ここでは見事です。もっとも印象的な一点を歌うことで男の表情、女の姿が生き生きと浮かび上がって来ます。蕪村に「春雨やものがたりゆく蓑と傘」(句稿屏風)というのがあります。「蓑」と「傘」はもちろん男と女をさしています。手法は同じです。こうした「換喩」の歌謡に出会うのも歌謡を読む楽しみの一つといえるでしょう。「歌謡わたしのベスト3」ということで、私の歌謡との出会いのなかから、とくに上代、中世、近世のそれぞれの「比喩」の歌について触れてみた次第です。

注一　大久保正先生は、上代文学研究者で、北海道大学教授を経て国文学資料館教授、一九八〇年没。歌謡学会会員でもありました。「万葉集」での著書のほか、講談社学術文庫『全訳注古事記歌謡』『全訳注日本書紀歌謡』などがあります。

注二　新日本古典文学大系『梁塵秘抄　閑吟集　狂言歌謡』

注三　新日本古典文学大系『田植草紙　山家鳥虫歌　鄙廼一曲　琉歌百控』

2

とても売らるるみじゃほどに——映画・溝口健二「山椒大夫」なかの歌謡——

映画監督の「溝口健二」といっても、今の若い人々には馴染のない名前かも知れません。先頃、ビートたけしこと北野武監督が「座頭市」でヴェネチア映画祭の銀獅子賞（監督賞）を獲って話題になりましたが、まだ映画が全盛時代だった一九五〇年代に、溝口健二はそのヴェネチア映画祭で二年連続して銀獅子賞（五三年〈昭和二八年〉「雨月物語」、五四年「山椒太夫」）を受賞するほどの、世界に「ミゾグチ」の名が知れ渡った名監督でした。（ちなみに、五二年〈昭和二七年〉の最初の出品でも「西鶴一代女」が国際賞を受けています）

ヴェネチア映画祭で銀獅子賞を受けた溝口健二「山椒太夫」は、森鴎外の同名の小説を原作としたものでしたが、鴎外が説経節の「さんせう太夫」から独自の作品に創りあげているように、溝口もまた鴎外の作品から独自の映画世界を創り出したものでした。たとえば、本来は安寿姫が姉、厨子王丸は弟なのですが、溝口は逆に兄と妹に仕立てていますし、何よりも、鴎外作品にも書かれていないことで、母親が佐渡へ売られて「遊女」になっているという設定にしてあるのも、溝口の映画世界ならではのものです。

安寿・厨子王が、婢《はしため》、奴《やっこ》として売られて丹後国の山椒太夫のもとで苛酷な労役を強いられるのは、もちろん共通の軸になっているのですが、説経節、鴎外作品に登場する伊勢から売られて来た「小萩」という女性は、そこでは安寿を助ける存在でしたが、映画では「佐渡」から売られて来たばかりの新入りの娘であり、その娘を逆に安寿が世話をする、という筋立てになっているのです。その「小萩」が何気なく歌う歌から、安寿が「佐渡」にいる母親の消息を知ることになる、という展開は、実に、絶妙というほかないほどです。

映画では、小萩が佐渡から売られて来たばかりの時に、糸をつむぎながら小さな声で口ずさむ歌に、安寿が不意に胸をつかれたように織機《はた》の手をとめて、小萩のところへ駆け寄っていく場面があります。ビデオを何度も巻き戻しながら、その場面のセリフを書きとめてみました。安寿が、小萩が歌っている歌のことを尋ねるところです。

安寿　ちょっと　それは何の歌？
小萩　はい
安寿　もう一度何というの？
小萩　ずし王恋しや　あんじゅ恋しや　っていうんです
安寿　それは誰に習ったの？
小萩　ひと頃佐渡で流行《はや》った歌です
安寿　そんな悲しい歌誰が歌い出したの？

映像なしで、セリフだけ連ねて読むのは何とも味気ないものですが、「ずし王恋しや　あんじゅ恋しや」の詞句を聞いた安寿の、息せき切った、たたみかけるような問いかけの思いをご想像ください。

小萩　遊女だそうです
安寿　遊女？
小萩　中君という

安寿　それで　その人は今でも達者でいるの？
小萩　さあ　わかりません
安寿　ずし王恋しや　つらやのう　あんじゅ恋しや　つらやのう　っていう歌ね。もう一度歌ってみて

安寿は「遊女」が歌っているという詞句を反芻しながら、もう一度歌う小萩の歌に耳を傾けます。

小萩　ずし王恋しや　つらやのう
　　　あんじゅ恋しや　つらやのう
　　　…………
　　　…………
安寿　お母様だ

ここで二人の会話は終るのですが、画面は、「あんじゅ恋しや」と歌っていた遊女が母親だと確信した安寿が強い衝撃を受けたさまを映し続けています。小萩の歌は、まだ「…………」とかすかに歌い続けているのですが、安寿の悲しみの深さを暗示するように曲節だけが聞こえてくるばかりで、ほとんど歌詞は聞き分けられません。そこで、ここでもビデオテープを何度か巻き戻しながら「…………」の小萩の歌っている歌詞を注意深く聞き辿ってみると、こんな歌詞が確かめられました。

とても売らるる身じゃほどに

しずかに漕ぎやれ　船頭殿

この歌詞には、佐渡へ売られて来た遊女が歌っていた、という設定が実によく生かされているように思います。「とても」という言葉は、「どうせ………」というほどの意味あいで、諦めを含む中世的な言葉ですが、「とても売らるる身じゃほどにしずかに漕ぎやれ船頭殿」という詞句には、もう諦め切った船上の女の思いがこめられている、といっていいと思います。今は遊女の身になっている女の、来し方を思いやる思いが、売られる身の当事者の思いで歌われていることになっているようです。小萩の歌には、こうした遊女の思いが悲しく響いています。そこには遊女の映像はないのですが、佐渡へ売られて遊女になった女の境涯が歌を通して浮かび上がってくる仕掛けといえます。歌の不思議な力が思われるところです。

母親が佐渡で遊女になっていることを確信した小萩の歌をもう一度掲げてみます。

厨子王恋しや　辛《つら》やのう
安寿恋しや　辛《つら》やのう

この歌には、説経節でも鴎外作品でも、ご存知のように次のような歌があり、それが元になっていることが分かります。

安寿恋しや　ほうやれほ

厨子王恋しや　ほうやれほ

これは、物語の終りのところで厨子王が母親に再会するときの歌で、「ほうやれほ」は鳥追いになっている母親が鳥追い棒を叩きながら歌う、鳥を追う囃し詞といってよいものです。映画では、それが「つらやのう」と、悲嘆のつぶやきに変っています。これは、鳥追い歌ではなく、遊女の嘆きの歌、です。元歌の鳥追歌から遊女の歌へ―、「つらやのう」のリフレーンは、大変効果的で、母親を遊女に設定した溝口の映画作りのこまやかな心くばりが伝わってくるところです。小さなことですが、元歌にくらべて「厨子王恋しや」と「安寿」よも先に歌われるのも、映画では厨子王を兄として描かれているからなので、そんなところにも溝口のこだわりが感ぜられます。

溝口の行き届いた神経、ということで私が感銘を受けたことは、もう一つ別のところにもありました。上の「とても売らるる身じゃほどに―」と小萩が歌う歌詞は、おそらく映画を観ている者には、その場面ではほとんど伝わることはなかったろうと思われたことです。先にも記したように、画面は安寿の深い悲しみを静かに映し続けるばかりで、小萩の声は小さくなって、ほとんど曲節だけが響くように耳に届きます。歌詞までは観客は注意が向きません。私も最初は歌詞など聞いていませんでした。映画は意識的にそう作られている、といってもいいと思われたほどでした。とても聞き分けられない小萩の歌詞でしたが、何度もビデオを繰り返して聞きなおして、売られていく女の歌であることが、はじめて確かめられたものでした。

画面は安寿の悲しみを追っていても、一方で小萩は佐渡の遊女のもう一つの歌を歌い続けながら、糸車を廻していたのでした。溝口は、安寿の思いだけが真実なのではなく、母を思い出させるきっかけの歌が過ぎてしまっても、小萩が佐渡の遊女の歌を歌い続けていた、その小萩の歌の真実性、遊女の悲しみの真実性ともいってよいものを、そのかすかな声の響きのなかに描いていた、といえるかも知れません。

私はビデオを巻き戻してそのことを知ったのですが、おそらく溝口健二は当時、ビデオテープが出現するなどとは夢にも思っていなかったことでしょう。ビデオ時代というものが、細部にも神経を行き届かせる、溝口健二の映画づくりのリアリティというものを、あらためて浮き彫りにしてくれた思いがすること、切なるものがあります。

この歌には、さらにもう一つ、溝口の細やかな心くばりがこめられていることがあります。「とても売らるる身じゃほどに」の歌詞をどこから引いてきたのか、ということについてですが、ご存知のように中世末の歌謡集『閑吟集』には、次のようなよく似た歌があります。

○人買船は沖を漕ぐ　とても売らるる身を
ただ静かに漕げよ　船頭殿　（閑吟集一三一）

『閑吟集』はよく知られた歌謡集ですから、溝口がこの歌をヒントにしたことは十分考えられますが、小萩の歌の口調とは少し違っています。説経節「さんせう太夫」には「いかに船頭、あの舟とこの舟は、同じ港に着かぬかや、舟漕ぎ戻し静かに漕がい船頭殿」と、子供達と離れ離れになるときの母親の訴える声が記されています。そこにも閑吟集の余響があること、つとに知られているところですが、溝口がこの母親の言葉から引いたとも考えにくいことです。

実はこんな歌も歌われていたのです。

○人買船か怨めしや　とても売らるる身じゃほどに
静かに漕ぎやれ　かんた殿
（吉原はやり小歌総まくり　さかなはうたづくし）

『吉原はやり小歌総まくり』は江戸時代の初期には出来ていた歌謡集ですが、この「人買船」の歌は上の『閑吟集』の歌が歌い継がれて変化したものであることは確かなようです。この歌の結句「かんた殿」はよく分からない言葉ですが、それを『閑吟集』一三一の結句「船頭殿」に置き換えてみると、「とても売らるる身じゃほどに――」以下は、映画のなかの小萩の歌った歌と全く同じになります。「身じゃほどに」「漕ぎやれ」の口調もぴたり、です。溝口が、この歌を直接参考にしたことは確かといえるでしょう。「とても売らるる身じゃほどに」と歌い出せば、初句の「人買船か怨めしや」などは不要です。遊女の身になった女が、「今」と「来し方」を重ねた思いでうたう歌としては、この詞句で十分だった、とうなずかれます溝口健二は、小萩がうたう佐渡の遊女の歌を、創作ではなしに、説経節「さんせう太夫」が語られていた時代の、「人買船」の流行歌《はやり》のなかから採り入れていたことが分かります。テープで何度も聞きなおさなければ分からないような歌詞の「本当らしさ」も、こうして確かな裏付けがあったのでした。溝口が、スタッフの人達とともに、『閑吟集』一三一「人買船は沖は漕ぐ」の類歌にも目を配り、「とても売らるる身じゃほどに」の詞句を採り当てていた、ということにも溝口の眼力というものが感ぜられるところです。

あの黒澤明監督は、映画のなかでは決して開けられることがない箪笥の抽出《ひきだし》の中にまで、その時代の、その箪笥の主にふさわしい中味を入れておいた、と伝えられています。そういうことでいえば、溝口健二監督は、観る者の心が安寿の悲しみに移ってしまっていても、傍で歌っていた娘の、ほとんど聞き分けられない歌の歌詞にも、歌の主の深い真実の証を用意してあった、ということになります。歌謡というものがもっている時代の重みというものを、溝口は、人が気づかぬところにも潜ませていたといえるでしょうか。ビデオの時代になって、いっそう光る溝口健二の真価、といえるかも知れません。

3

「松前追分」忍路《おしょろ》高島と、白秋・啄木 有島武郎

今は「江差追分」と呼ばれる民謡は、日本の民謡のなかでも、その美しい曲節で知られていますが、地元の江差町では昭和三八年以来毎年この追分節の正調を競って「江差追分全国大会」が開かれ、その年の

「名人」が選ばれています。

忍路《おしょろ》高島及びもないが
せめて歌棄《うたすつ》磯谷《いそや》まで

ご存知の「本唄」と呼ばれる詞章の代表的なものですが、これは、鰊漁《にしん》に出かけていく男を、「忍路・高島」（小樽付近）まで追いかけて行きたいのだが、難所の神威岬をとても越えることが出来ず、「せめて歌棄磯谷まで」は—、と思いとどまる女心を歌ったものとしてよく知られています。このほかにも「泣いたとてどうせ行く人やらねばならぬ／せめて波風おだやかに」などの本唄もあって、こうして北の海での厳しくも切ない思いを歌う詞章が、「江差追分」の独特の哀韻を自然に生み育てて来たことも、よく伝わって来るところです。

こうした「江差追分」の詞章と旋律に、明治・大正の詩人や作家たちも心を動かされて来たことが、歌や日記、エッセイに残されています。今回はそのことについて、少し触れてみます。はじめは北原白秋です。

誰が吹くのか、月夜の嶋に、
ひとり、ほそぼそ、一節切《ひとよぎり》。

椰子《やし》の花咲く南の夏に、
忍路《おしょろ》高嶋、北の雪。　（北原白秋「追分」）

大正一一年（一九二二）『日本の笛』に収められた「追分」という歌です。『白秋愛唱歌集』（藤田圭雄編・岩波文庫）を眺めていて、偶然見つかったものです。一読、これは北海道が舞台ではない、とすぐ伝わって来ます。「椰子の花咲く南の夏に／忍路高嶋、北の雪」というフレーズに、ちょっと驚かされます。「月夜の嶋」というのも幻想的です。白秋の年譜を見てみると「大正三年（一九一四）妻俊子の結核療養のため小笠原の父島に渡った」とあります。前掲の『愛唱歌集』には、この「追分」の歌は、その折の「父島」での作だと伝えています。それで、いろいろ合点がいきました。歌のなかにある「一節切」は、その名のとおり竹の一節で作った尺八の一種ですが、この語感には中世歌謡の余韻が感ぜられます。白秋はこの笛の音の「忍路高島」の旋律を、月夜の、南の島で聴いたのでした。「椰子の花咲く南の夏」と「忍路高島」とのとり合わせが、何とも不思議な世界へ誘います。最後にポツンと「北の雪」、と添えて結んだのも「南の夏に」と歌ったあとだけに意表をつかれます。白秋が実際に北海道を旅するのは大正一四年（一九二五）のことですから、大正三年は、もちろん「忍路高島」を北海道で聴くような体験はしていません。南の島の「父島」で、笛の音の「江差追分」を偶然耳にした印象に触発されて、この歌が作られたのです。妻俊子の結核療養でこの島に訪れていることも、この詞句には映っているのかも知れません。ともあれ、白秋は、「忍路高島」の詞章と旋律に惹かれて、月夜の、南の夏の、詩的世界をつくりあげたといえそうです。それには、中世風な「一節切」の響きも一役買っています。

それにしても、大正三年当時、小笠原の父島で「江差追分」が笛の音で聞こえた、というのには驚かされます。明治末年から大正にかけて「江差追分」のレコード化がなされたこともあるのですが、そうであったとしても、やはり、はるかな南の島まで伝えられている、「忍路高島」の伝播力というものに驚くほかありません。もし、仮に、白秋が舞台を「月夜の嶋」に借りただけ、なのだとしても、白秋がこの「追分」を作るきっかけになった「忍路高島」の歌の力というものが思われるところです。

白秋の「父島体験」よりも一〇年ほど前の明治三七年（一九〇四）に、石川啄木が北海道小樽でこの追分節を実際に聴いています。その見聞を翌三八年（一九〇五）の「岩手日報」という盛岡の新聞に書いています。二一回にわたって連載された「閑天地」というエッセイの第一五回目の文に印象深く書かれています。「閑天地」というのは、啄木自身の「はしがき」によれば、「啄木、永く都塵に埋もれて」朝夕その多忙に追われて「身は塵臭に染み、吟心もまた労《つかれ》をおぼえ」たので、しばらく「暢心《ちょうしん》静居の界に遊ばんとす」、というわけで、要するに最近は浮世の俗臭にまみれて、詩心も衰えたので、のどかな心でしばしは閑静な世界で遊ばんとする心境だ、というところらしいです。

この連載一五回目の一文は、前年（明治三七年）秋の北海道旅行のことがテーマです。函館へ船で着いた啄木は、さらにここから小樽までドイツ船「へーレン号」に乗って二〇時間の海の旅を楽しんでいます。船上、ドイツ人の機関長をつかまえて（?）、「悪英語」で「破格なる会話」を挑みます。どこまで通じたのかわかりませんが、二人はゲーテやハイネを語り合った、といいます。機関長が、ゲーテ・ハイネは「実に世界の詩人なり」と誇らしげにいうので、啄木はそれに応えて「然り、彼等は少なくとも今のドイツ人よりは偉大なり」と言ってドイツ人機関長をからかい、「彼は苦笑しぬ」などと、得意然として書き記しているのです。実に、いい気持で書き進められています。啄木のいう「閑天地」なる世界です。この一文の末尾が「追分節」で結ばれているのです。小樽港の防波堤の上で佇んでいる啄木の耳に響いた「追分節」のことを、次のように記しています。

千古一色の暮風、濛々《もうもう》として波と共に迫る所、荒ぶる波に漂ひてこなたに寄せくる一隻の漁船の舷歌はなはだ悲涼

忍路高島およびもないが
せめて歌棄磯谷まで

と、寂びたる櫓《ろ》の音に和し、陰惨たる海風に散じ、仲々《ちゅうちゅう》たる憂心を誘ふて犇々《ひしひし》として我が頭上に圧し来るや（略）、惨々たる血涙せきもあへず、あはれ暮風一曲の古調に、心絃挽歌《しんげんばんかれう》寥々《れう》として起るが如く、一身ために愁殺され了《をは》んぬる時（略）

もう少し続きますが、省略しました。小樽港で一隻の漁船から聞こえてきた「忍路高島」の曲節の印象です。明治三八年は、啄木満一九才。一八才の秋の「小樽体験」を、こうして一年足らずの後に綴ったものです。美辞が幾つも重なって、大仰な文章ともいえるのですが、そこが若い詩人の情熱ともいえるところなのでしょう。「舷歌《ふなうた》はなはだ悲涼」「寂びたる櫓の音に和し、陰惨たる海風に散じ」「あはれ暮風一曲の古調」等々「追分節」への思いはとどまるところがありません。夕風の吹く海辺で、漁夫の歌う「追分節」を聴いて、啄木は深い愁いに沈んだ、というのです。

啄木にとって初めての北海道への旅。函館へ着いた時、友人の前田林外（のちに『日本民謡全集』を編んだ人です）に手紙を書いていて、「今日は又ヘーレン号に投じて、海路二〇時間、小樽に向はむとす。海は詩なり、秋は詩なり、旅は詩なり、旅する我も亦遂に詩也」とあります。ほとんど有頂天で小樽に向っています。北海道で実際に海辺で聴いた「忍路高島」への陶酔感も、「海は詩なり」の気分のまま回想されていると、いえそうです。啄木二〇才前の「閑天地」の世界です。若かった詩人啄木に強いインパクトを与えた明治三七年当時の、海の「忍路高島」の力が、ここからも伝わって来ます。

啄木よりさらに一年前、明治三六年（一九〇三）にやはり北海道で「追分節」を聴いている作家がいます。有島武郎です。前々年（明治34年）に札幌農学校（現北海道大学）を卒業して以来ちょうど二年ぶりの来道の折です。父の農場の用務のため、羊蹄山麓の狩太《かりぶと》に向うのですが、札幌から小樽までは鉄道で、そこからはまだ鉄道が開通していませんので、馬車を傭《やと》って小沢までの山路を越えて行くことになります。有島はこの時のことを日記に次のように記しています。

例の稲穂峠に来る。（略）今日は日暮れんとして越ゆるなり。御者鞭を按じつつ悠然として松前追分を歌ふ。馬蹄漸くゆるく頽嵐身を襲ふ。何とはなき快心の思尽し難し。

原文はカタカナ混じりです。明治三六年六月二四日の日記の一節です。馬車を追う御者《ぎょしゃ》が「悠然として松前追分を歌ふ」と記しています。「江差追分」がまだ「松前追分」と呼ばれていたことも分かります。

啄木は海辺で聴いたのでしたが、有島は峠道で「馬子唄」のようにして御者が歌っている「追分」に耳傾け、「何とはなき快心の思尽し難し」と、すっかり充ち足りた気分に浸っています。「閑天地」のような美辞は一つもありませんが、自分の日記に記している分だけ、その印象が強かったことをうかがわせます。さりげない御者の歌いぶりのなかに、「松前追分」の当時の生き生きとした様子が感ぜられて、まことに興味深いものがあります。有島二五才のことです。

実は有島が「松前追分」のことを書いているのは、この時だけではないのです。この三年後に、有島はヨーロッパに行くのですが、ある夜ドイツ人に招かれた折のことを、次のように日記に記しています。

夜スタッツェンガー氏の晩餐に招かる。壬生馬「花咲かば」を謡ひ我れ「忍路高島」を謡ふ。

明治三九年一一月二一日の日記です。「壬生馬」というのは弟の有島生馬のことです。ドイツ人に招かれた宴で有島は「忍路高島」を歌って聞かせた、というのです。異国の地で、日本の歌を歌う段になって、ふと思い出したのが、「君が代」でも「さくら」でもなく、「松前追分」だった、というのが、実に興味深いところです。「忍路高島」が有島にとって、他の何よりも「日本の歌」だったのでした。稲穂峠で御者が歌っているのを聴いたときの「快心の思《おもひ》」はやはり、その時だけの思いつきではなかったことが伝わって来ます。

後年、有島は「松前追分——北海道の民謡」という短いエッセイも書いています。その一節も掲げておきます。

一人で高島辺の海岸沿ひの絶壁を歩き廻った時などに、目の下遥かな海の上を、漁船を操って行く船子が、思ふ存分声を張上げて、それを歌ふのを聞いた時などは、其の辺の風物と一分の隙もなく調和した悲壮な音律を、聴取し得たやうに思ひました。あの調子は、新しい作曲家のモティーフとしても、十分役立つものではないかと思ひます。

（大正一一年一月『寸鉄』所載）

ここでは本来の海の歌としての「松前追分」のことについて、触れているのですが、北辺の風物と「調和した悲壮な音律」とあって、それが「新しい作曲家のモティーフ」にも十分役立つものだと記されているのが興味深いところです。ドイツで有島が歌ったのも、すでに新しい作曲家のモチーフを「忍路高島」の旋律に感じていたからかも知れません。

今のように「江差追分全国大会」の舞台で競うような「名人」たちが歌うずっと以前の、民情深くに息づいていた、素朴な「忍路高島」に、詩人や作家たちを惹きつける強い力がすでにこもっていたことが思われて、私もまた「快心の思《おもひ》尽し難し」というところです。

4

「本より末まで縒られればや」――『梁塵秘抄』歌と西洋の諺《ことわざ》――

数年前、信州を旅した折に、長野の「信濃美術館」を訪ねたことがありました。この美術館には隣接して「東山魁夷館」（現長野県立美術館）も併設されていて、「東山コレクション」が常設で展示されています。彼の代表作など多くの大作とは別に、小品ばかり並べられたコーナーがあって、私が訪ねたときには、ちょうど雑誌の表紙絵のために描いた原画が一年分飾られていました。そのうちの一枚に目が止まりました。

画面の中央に白っぽい大木の幹だけが描かれ、その幹に細い蔦が幾重にも巻きついています。白っぽい幹に、蔦のつるが強いコントラストで目に入って来ます。全体の構成が実にシンプルで、蔦の絡みぐあいが強く印象に残ります。『新潮』の一九五五年（昭和三〇年）一〇月号の表紙に用いられたものでした。その絵に惹かれたのは、「表紙に寄せて」という魁夷の小文がそこに添えられていたことにも大いに関わっていたかも知れません。その小文が面白かったのでメモしてきました。そのはじめのところに、次のように記されています。

女は蔦《つた》で、男はこれに絡まれる樫の木だ。　（西諺）

大木に蔦の絡まる表紙絵は、この西洋の諺《ことわざ》を描いたものなのでした。「西諺」とあるだけで、どこの国の諺なのか分かりませんが、魁夷が、ふとモチーフにしたいと思うほどに、よく知られたものなのでしょう。（どこの国の諺で、原語はどういうのでしょうか？）この諺からすれば、絵の大木は「樫の木」の幹で、「男」を表わし、絡まる「蔦」は「女」ということになりそうです。この絵と言葉がとくに印象深かったのは、ご存知『梁塵秘抄』の次の歌がふと思い浮かんだからでもありました。

○美女《びんでう》うち見れば
　一本葛《ひともとかずら》にもなりなばやとぞ思ふ
本《もと》より末まで縒《よ》られればや
切るとも刻むとも　離れがたきはわが宿世《すくせ》
（『梁塵秘抄』四句神歌・雑三四二）

（美しい女人を見ると、一本のツタカズラにもなりたいと思うことだ。根本から先まで縒り合わされてひとつになりたいものよ。たとえ、切られようと、刻まれようとも、離れがたいのは前世からの我が宿命というものだ）

ここでも、絡まるツタカズラが男女の思いに用いられている、というのが、何より興味深いことです。ただし、こちらの歌では、カズラになって絡みつきたい、と妄想（？）しているのは、男の方です。

「本より末まで縒られればや」と歌うところは、スゴイ情念というほかありません。よく注意してみると、「縒《よ》る」というのは、もちろん一本だけでは成り立たないことで、しかも大木に巻きつくというよりは、二本が同じような太さで「絡み」あい、「縒り」合わされて、一本になることなのだと思います。

同じ太さで、ということは、同じ思いで、ということにもなるにちがいありません。歌のなかの「なりなば」という言葉に、面白い「注」をつけてある注釈書もあります（注一）。カズラになるのは「自分がなりたいのだが、言外に相手もそうなってほしいという気持が汲みとれよう」とあります。同じ思いで意気投合したい、という相手への思いが、こういう風に言葉に出して解説されているのは、実に愉快です。

まったく、このとおりで、「縒られればや」と男が受身で表現しているところにも、互いに絡みあってこそ「一本」になれる、という思いがこもっていそうです。ともあれ、「西諺」の「蔦」は「女」で、こちらは「男」の願望―、絡まりながら延びていくツタカズラのつるが、男女の情愛や姿態をも暗示するのが、西であれ、東であれ、その発想が変らない、というのがオモシロイところと思います。

ところで、東山魁夷は「表紙に寄せて」の小文に、上の「西諺」に続けて次のように書き添えています。

西諺の中には男性と女性の関係を皮肉な譬《たと》へであらはしたものがいくつもある。時計は人に時間を示し、女人はこれを忘れさせると云ふのもある。ひどいのになると馬を買ふ時と妻を娶《めと》る時は、目を閉ぢて運を天にまかせよ（伊太利古譚）といふ様なのもある。いづれにせよ被害者は男性の様である。

そうだったのか―、「被害者は男性」という思いが、魁夷にこの表紙絵を描かせた動機だったのか、と気づかされます。そう思ってこの絵をあらためて眺めてみると、真中の大木が、いかにも不釣合いな細い蔦に、まるでストーカーのように（？）巻きつかれ、カラマレていて、迷惑そう（？）に見えてきますから、可笑しくもなってきます。その可笑しさに、また「西諺」のエスプリが匂うようで、不思議なことです。

この『梁塵秘抄』歌よりも古い日本の歌謡にも、蔦のからまる歌があったナ、と、あたってみますとこんな一節が見つかりました。

○妹が手を我に纏《ま》かしめ　我が手をば妹に纏《ま》かしめ
真栄蘠《まさきずら》擁《たた》き交《あざ》はり

（日本書紀歌謡九六）

（妻の手を私に巻きつかせ私の手をば妻に巻きつかせてマサキノカズラのように抱きもつれあって―）

ながい歌のほんの一節ですが、なかなか官能的な詞句です。「真栄《まさき》」は讃め言葉で、「葛《ずら》」はツタカズラの総称といわれています。そのカズラが、「擁《たた》き交《あざ》はり」（抱きもつれあって）を連想させる比喩に用いられているのが、興深いところです。どんなふうに「抱きもつれあって」いるのかが、前段の「妹が手」と「我が手」の歌いぶりで大変具体的です。

日本の太古には、ツタカズラの延びるさまに、こうして男女が互いに「もつれあう」連想がはたらいていたことが思われます。『梁塵秘抄』歌の「本より末まで縒られぱや」の表現もまた、太古から延びて来たカズラが、「もつれあう」同じ思いで表われたともいえるでしょうか。「西諺」の「皮肉な譬え」の「蔦」とはちょっとちがうようです。

もうひとつ、「蔓草」についての、次のような言葉に偶然出会いましたので紹介します。

○仲むつまじく木にまとう、蔓草《つるくさ》なしてわれを抱け。
われのみなれ（汝）が恋を得て、あだ（徒）し契《ちぎ》りは結ばざれ

（岩波文庫『アタルヴァ・ヴェーダ讃歌――古代インドの呪法』より、「女子の愛を得るための呪文その二」）

『アタルヴァ・ヴェーダ讃歌』は、リグ・ヴェーダなどとともに四ヴェーダの一つとされている古代インドのバラモン教の経典だそうです。まったく興味本位にページを繰っているうちに、こんな呪文に出会いました。紀元前一〇〇〇年頃とも、一五〇〇年頃ともいわれる気の遠くなるほどかなたのものです。そんな彼方の時に、「頭髪の生長を増進さするための呪文」「性欲を増進さするための呪文」「嫉妬から開放

せらるるための呪文」などの日常の切実な（？）希いを実現させるための呪文のなかに、この「女子の愛を得るための呪文」もあったのです。「頭髪」が薄かったり、「性欲」が減退したり、「嫉妬」に悩まされる人々は彼方の時代にも居たようで—、そこから解放されるための呪法が生活のなかで、重い意味をもっていたようです。

ここに掲げた「女子の愛を得るための呪文」も一四章のうちの一章で、多彩な祈りがあったようです。「仲むつまじく木にまとう、蔓草なしてわれを抱け」と祈りつづけている男の思いは切実そうで、その姿を想像するだけでも、愉快です。男女の相思の姿を「蔓草」に託しているのは、わが日本書紀歌謡の「真栄葛《まさきずら》擁《たた》き交《あざ》はり」にも通ずるものがありそうです。

日本の歌謡の昔々と、はるか太古のインドの呪文と—、遠い時間の彼方でも、「蔓草」から連想する思いは同じだった、ということが興味深いことです。きっと、まだまだ世界には「蔦」のからまる歌謡があるにちがいありません。ご存知の方はご教示下さい。

ついでながら紹介しますと、日本でも近世になると、女をからかうように、ちょっとバレ歌ふうに、女が「からみつく」歌がうたわれています。

○年は十六ささげの蔓木《つるき》からみついたが男竹
（三重県保々村粉引歌）

○ここら娘たちナ山芋育ち掘られながらもからみつく

（栃木県芳賀郡ヤロヤッタネ踊）（注二）

これらの歌には、女を歌う男の眼差しが、「相思」のものではなくなっています。歌の場が、そうした歌を必要としたせいなのでしょうか。この歌の背後から男たちの哄笑が聞こえてきそうです。

○松になりたや有馬の松に　藤に巻かれて寝とござる

（はやり歌古今集）

元禄年間のこの歌には、むしろ『梁塵秘抄』歌の「一本葛になりなばや」の思いが流れていそうです。男の歌としても、女の思いの歌としても親しまれたものと思われます。『山家鳥虫歌』には伊賀国と美濃国の両国に重出していますが、美濃では下句が「夫《つま》にまかれてね（寝）とござる」と歌われたと異本には記されているといいます（注三）。そこには、あからさまな女の願望が強く表われて歌われているといえます。「ここら娘たちナ山芋育ち」と歌われるようになるよりは、はるかに男女の「相思」の願望が託されているといえそうです。

注一　新潮日本古典集成『梁塵秘抄』（榎　克明　校注）

注二　この二つの歌は『郷土民謡舞踊辞典』（小寺融吉）に収められているものです。

注三　岩波新日本古典文学大系『田植草紙　山家鳥虫歌　鄙廼一曲　琉歌百控』の山家鳥虫歌（真鍋昌弘校注）の一八

5

お里が知れる、という言葉がありますが、今回は「お里」があったのに知らずに歌っていた歌のことを紹介したいと思います。

「お里」のある歌

これは私自身の年令《とし》もバレ、お里も知れるような話ですが—私が小学校へ入学したのは昭和一九年（一九四四）四月で（当時は「国民学校」といっていました）、まだ太平洋戦争もさ中のことでした。新一年生は登校する時は近所同士が集まって（班にでも組織されていたのでしょうか）、きちんと並んで歌をうたいながら学校まで歩いたものでした。その列の傍らには、いつも六年生のお兄さん、お姉さんが引率するようについていてくれていました。その時に、小さな手を振りながら足も揃え心も一つになるような歌を歌ったものでしたが、その一節は次のような歌でした。

ケツゼンタッテイッサイノショウガイダンコハサイセヨ

この一節以上に歌詞があったのかどうかは記憶にありません。こんな歌詞を入学時から歌っていたのか、しばらく経ってから歌ったものか、あるいは六年生のリーダーに合わせて、新一年生たちはただ手を振って歩いていただけなのか、その辺もはっきりしていないのですが、その時分に私が歌っていたことは確かであり、いまでもこの歌詞の一節は鮮明で、節もはっきりと歌うことが出来ます。戦争も終り、この歌は皆で歌うことは全くなくなりましたが、ふと何かの折にこの歌詞と節が甦ることが、何度もありました。その歌詞の響きから、ずい分勇ましい歌だったナ、と思う程度で終っていたのでしたが、ある時の新聞の署名記事のなかに、この歌詞の言葉を見つけて、ほんとうに、びっくりしました。

太平洋戦争開戦五〇周年に関わる一文だったと思いますから一九九一年一二月の頃だったと思います。そのなかに、あの一九四一年一二月八日の、米国・英国に対する宣戦の「詔書」の一節が引かれていたのです。その一部を掲げます。

帝国ハ今ヤ自存自衛ノ為蹶然《ケツゼン》起ッテ
一切ノ障礙《ショウガイ》ヲ破砕スルノ外ナキナリ

私が歌っていたのは、この詔書の一節（傍線部〈私が引いた〉）だったのでした。そうだったのか！、とまさに目からうろこがバサリと落ちた思いでした。わずか六才か七才の子供たちが手を振りながら、歩調を揃え心も合わせて歌っていた歌が天皇の宣戦布告の一節だったのでした。六年生たちは、歌の意味は知っていたのかも知れませんが、入学したばかりの子供たちは、分かるはずもなく—、しかし、やがてその歌の本当の意味を知ることになっていったのでしょうが。私は、その歌の意味を知る前に、翌一九四五年、二年生の夏に敗戦を迎えたのでした。しかし、いまも歌詞も節もはっきり記憶に残っているのですから、歌の力というものの強さ・深さを思わずにはいられません。片田舎の「国民学校一年生」にまで浸透しつつあった軍国教育のささやかではない威力というものも思われるところです。読者のなかに、この歌詞と節にご記憶のある方がおいででしょうか。

私の通った「国民学校」は、北海道美唄市（当時は「町」でしたが）にありました。美唄でも私鉄で一〇キロほど奥へ入った山の上の、炭鉱の聚落のなかにありました。三菱美唄の炭鉱住宅が一〇〇軒以上、八軒長屋の棟で並んでいました。戦時中のエネルギー源を石炭に求めた「増産」の国策によって、採炭夫の数はどんどん増えていったのでした。

私はその炭鉱の「常盤小学校」に通っていたのでしたが、運動会になるといつも元気よく、これも手を振りあげながら歌っていた応援歌があって、それが次のような歌詞でした。

天は晴れたり気は澄みぬ
両者の旗風吹きなびく
常盤の台の旭日高く
ここに立ちたる赤（白）の陣
フレー赤（白）　フレー赤（白）
フレフレフレー

私の記憶も少しおぼろげだったのですが、先頃四才上の姉の同期会で、当時の先生を交え皆で思い出して歌ってみたといって、この歌詞を知らせてくれました。私の記憶とほぼ一致していたのですが、私は二行めが「ローシャの旗風」か「ローサの旗風」か意味がとれないでいたのでしたが、「両者の」だということで氷解したのでした。意味も分からず、耳だけで記憶した歌の危うさです。この応援歌ももう五五・六年も前の、彼方の記憶でしたが、ある時これもまた、ええっ?!、そうだったのか！と、びっくり仰天したことがあったのです。『続日本歌謡集成巻五近代篇』（志田延義編）を別の歌のことでページを繰っていたら、まったく不意に、次の歌詞が目に飛びこんで来たのです。

天は晴れたり気は澄みぬ
自尊の旗風吹きなびく
城南健児の血は迸り
茲に立ちたる野球団

（「天は晴れたり」慶応義塾野球応援歌）

慶応義塾に関わる方々には先刻ご承知の応援歌なのでしょうが、この「続歌謡集成五」の「校歌・寮歌選」のトップにこの歌がおかれていて、次に「早稲田大学校歌」「北大寮歌」と並んでいたのです。

「都の西北」や「都ぞ弥生」はよく親しんでいましたが、この歌詞には驚きました。第二節の初めと、

第三節、それに第四節の「野球団」のところは少しだけ替わっていますが、歌詞も構成も、わが「常盤小学校応援歌」とピタリ重なります。これは、間違いなくわが応援歌の元歌です。この常盤小学校は大正九年（一九二〇）に創立されたものでしたが、この応援歌が何時の頃から歌われていたものか、はっきりとはしません。昭和一〇年代には歌われていたのは確かです。校歌とは別に、応援歌は、しばしば誰かの音頭で自然発生的に歌われはじめることがありますが、ひょっとして、この小学校の草創期に、慶応義塾出身の先生か、父兄か、あるいは視学官が居て、児童に歌わせたのかも知れません。あるいは、応援歌の作成を依頼された人がいて、ちゃっかり母校の歌を「借用」したのでしょうか。

この慶応義塾の歌詞については、同書に志田博士の注があり、「明治三九年、桜井弥一郎（理財科学生）作詞、「ワシントン」（作詞者不明、北村季晴作曲）の替え唄」とあります。この歌にはきちんと作詞者がいるのですが、これもまた曲節には元歌があったのです。わが小学校の応援歌の曲節が「ワシントン」まで遡ることになるのかどうか、それは知るよしもないのですが、かの慶応義塾の応援歌が、流れ流れて、北海道の山奥の小学校で歌われていた、というのが、まことに興味深いところです。これも歌の力というものと思ったことです。なお、わが母校「常盤小学校」は昭和四八年（一九七三）、炭鉱閉山とともに閉校になってしまいました。この応援歌もいまは歌われることなく、児童生徒だった卒業生たちの記憶からも遠く薄れていっています。これもまた歌謡の宿命です。

身近に親しんでいた歌の「お里」を語っているうちに、私自身のお里が知れることになってしまいましたが、ことのついでに、もう一つ我が「お里」に関わる「『お里』のある歌」を紹介します。私は一九六〇年から四年間、北海道立北見北斗高校に勤めていましたが、当時この高校は、ラグビーが強くて全国大会で準優勝を三度も成し遂げるほどの学校でした。北海道もオホーツク海に近い、地方の一高校でしたが、文武両道、大学への進学率も高い、自由の気風がみなぎる学校でした。そこで歌われていた応援歌は三種類もあって、「その二」というのが次のような歌詞でした。

山も怒れば万丈の　煙を吐いて天を衝く
緩《ゆる》けき水も激《げき》しては　千丈の堤《つつみ》破るらん
見よ若人の意気高く　堂々鉾《ほこ》とる北斗軍

古めかしい歌詞ですが、当時はラグビー部のように全国大会（あるいは全道大会）へ出場する選手の壮行会に、元気のよい応援団をリーダーにして、全生徒が歌っていたものです。私も一行めまでは何とか、今も歌えます。これは歌の前半なのですが、この歌詞について当時の生徒の読書感想文のなかに、明治四〇年石川啄木が渋民小学校でストライキを指示して、生徒に歌わせた歌を見つけて、次のように書いて来たものがありました。

そのストライキの歌は我が北斗高の応援歌ナンバー二の歌詞とまさしく同じである。あの「山も怒れば万丈の煙を吐いて天を」の歌である。きっと旋律も同じであると思う。しかし奇妙に感じる。啄木が情熱をこめて子供らに歌わせた歌を今こうして我校の応援歌として我々に愛好されているとは。

（「『大逆事件』と啄木の思想」二年山崎征子・『本棚』二〇号（一九六二）・北見北斗高校図書館）

これは図書館発行の定期の感想文集「本棚」にも載せられた優秀なものでした。自分の歌っている応援歌が啄木のつくったストライキの歌と同じ歌だ、と発見して、この生徒は「奇妙な」感慨にうたれているのです。この生徒のテーマは「大逆事件」と啄木の思想との関わりにありましたから、これ以上この歌については深入りはしていません。ただ「歌謡」に関わっている教師にとっては、『お里』のある歌」としても生徒自身の「我が応援歌」の「お里」の「発見」だったといってもいいもので、有難くもうれしいことです。

この歌は啄木の全集には収められていません。ただ、啄木年譜にはひとしく「明治四〇年（一九〇七）四月一九日」の項に「高等科の生徒を引率、村の南端平田野に赴き、校長排斥のストライキを指示、即興の革命歌を高唱して帰校、万歳三唱して散会」（人物叢書『石川啄木』岩城之徳）という内容が書かれています。その「即興の革命歌」が全集には出ていないのです。当時ストライキに参加した教え子の記憶を聞き書きした本が昭和三一年（一九五六）にあい次いで出ました。いまはその詳しい事情は省きますが、その歌詞は次のようなものです。

山も怒れば万丈の　猛火をはいて天をつき
緩けき水も激しては　千里の堤やぶるらん
わが渋民の健児らが　おさえおさえし雄心の
ここに激しておさまらず

正義の旗をふりかざし　進むはいずこ学校の
　宿直べやの破れ窓
　破れてかざす三尺の
　凱歌をあぐる時は今

　これが「革命歌」といえるかどうか分かりませんが、ほんとうに勇ましい歌です。「即興」ということにも驚かされます。一目瞭然、二行めまでは、北見北斗高校応援歌とほとんど同じです。北斗高応援歌は「煙を吐いて」ですが、こちらは「猛火をはいて」、激しいです。こちらが「千里の堤」とあるところは北斗高は「千丈の堤」。これは前の「万丈」に引かれたものでしょう。そうした微妙な変化がまた北海道で歌われていることの味わい深さでもあります。「見よ若人の意気高く…」の北斗高の三行めにも啄木歌の心は生かされています。これが最初に世に紹介されたのは上田庄三郎『青年教師石川啄木』（三一新書・昭和三一年九月）、ついで斎藤三郎「啄木文学散歩』（角川新書・昭和三一年一一月）の書でした。先の生徒感想文は、啄木作品だけではなく、このどちらかの本にも触れてのものだったにちがいありません。当時の生徒の意欲的な読書への姿勢が思われるところです。

　それにしても、まさに「奇妙」なことです。不思議というほかありません。上の両書に紹介されるのは昭和三一年（一九五六）ですから、それ以前から北見北斗高では「応援歌ナンバー2」として歌われているのです。何時の頃まで遡れるのか、それは定かではないのですが、少し古い卒業生にたずねたら、分かってくるかも知れません。北見北斗高に電話で聞いてみると、いまは応援歌の「ナンバー1」は歌っているが、この「ナンバー2」の方は歌っていない、といいます。いまは運動部が奮わず、壮行することもあまりないのだ、ともいっていました。寂しい限りです。録音テープだけが残って、歌はここでも静かに消えてしまうのでしょうか。

啄木作詞の即興のストライキ歌が、どういう経路で、北海道のオホーツク海にも近い北見北斗高（旧制野付牛中学）までたどり着いたのでしょうか。曲節もふくめて、歌謡伝承の伏流ということがあらためて思われます。この歌詞は限られた人しか知らないはずですから、ストライキ参加の教え子が、どこかで関わっていることは確かなのでしょうが、「お里」が知れて、いっそう謎は深まるばかりです。北斗高の生徒たちにとっては、啄木作詞の歌が我が校の応援歌、という厳然たる事実をもっともっと誇りにしていいと思います。そして歌い続けてほしいものです。

皆さんの周辺にも「詠み人知らず」の歌謡で、思いがけない「お里」をもっている歌がいくつもあるのかも知れません。歌の力、歌謡伝承の深さが思われるところです。

【参考文献】
啄木のストライキの歌が収められている文中の書以外の文献
伊ヶ崎暁生『文学でつづる教育史』（一九七四年・民衆社）
尾崎元昭「石川啄木研究』（一九九〇年・近代文芸社）

以上

著者略歴

森山弘毅（もりやま　こうき）

1937年　京都市生まれ
1960年　北海道大学文学部（国文学専攻）卒業。北見北斗・札幌開成高校教諭、苫小牧高専教授、釧路公立大学経済学部教授を経て、2003年釧路公立大学名誉教授　日本歌謡学会会員
著書
1997年　『新日本古典文学大系62田植草紙　山家鳥虫歌　鄙廼一曲　琉歌百控』（岩波書店・共著）
2025年　『菅江真澄『鄙廼一曲』小論集』（無明舎出版）

金素雲『朝鮮民謡選』と日本の歌謡

発行日　2025年4月30日　初版発行
定　価　1320円〔本体1200円＋税〕
著　者　森山弘毅
発行者　安倍　甲
発行所　㈲無明舎出版
秋田市広面字川崎112－1
電話（018）832－5680
FAX（018）832－5137
製　　版　有限会社三浦印刷
印刷・製本　株式会社シナノ

ISBN 978-4-89544-693-8

※万一落丁、乱丁の場合はお取り替えいたします